BEAR GRYLLS ADVENTURES

贝尔 神奇生存指南针系列 11

BEIJI TAIYUAN DE PINTU SUIPIAN

北极苔原的拼图碎片

[英] 贝尔·格里尔斯 著 陈芳芳 译

接力出版社
Publishing House

桂图登字: 20-2016-331

图书在版编目（CIP）数据

北极苔原的拼图碎片 / (英) 贝尔・格里尔斯著 ; 陈芳芳译. — 南宁 : 接力出版社, 2020.5

（贝尔・神奇生存指南针系列）

ISBN 978-7-5448-6440-4

Ⅰ. ①北…　Ⅱ. ①贝…　②陈…　Ⅲ. ①儿童小说—长篇小说—英国—现代　Ⅳ. ①I561.84

中国版本图书馆CIP数据核字（2020）第041093号

责任编辑：袁怡黄　朱丽丽　车　颖　　美术编辑：林奕薇

封面设计：林奕薇　　责任校对：阮　萍　　责任监印：刘　冬

社长：黄　俭　　总编辑：白　冰

出版发行：接力出版社　　社址：广西南宁市园湖南路9号　　邮编：530022

电话：010-65546561（发行部）　　传真：010-65545210（发行部）

http://www.jielibj.com　　E-mail：jieli@jielibook.com

经销：新华书店　　印制：北京尚唐印刷包装有限公司

开本：880毫米×1250毫米　1/32　　印张：4　　字数：40千字

版次：2020年5月第1版　　印次：2020年5月第1次印刷

印数：0 001—8 000册　　定价：28.00元

致初次阅读本书、

具有冒险求生精神的年轻人

希望你通过阅读冒险的故事开阔眼界，

希望你拥有一颗勇敢的心，

用坚定的意志顺利完成梦想之旅。

目　录

左手？写字的手？　001

找不到回家的方向了　013

跟着水流走　024

雪上涟漪　039

拼图碎片　052

心向阳光　067

冰与火　079

一条小鱼　091

关于水壶　103

北极生存知识小测试　115

左手？写字的手？

乔哈哈大笑，兴奋不已，他感觉头晕乎乎的，整个世界都在不停地转啊转，好像自己进了滚筒洗衣机。

他被困在了一个巨大的透明塑料球里，好朋友奥马尔也在里面，他们沿着沙地跑道不停翻滚。这是悠波球游戏，是露营的一项活动。乔看到身后还有一个塑料球在滚动，球里面是莉莉和米娅。

“注意拐弯！”奥马尔大喊。

“我看到啦！”乔信心满满地说。

要让球拐弯，他们两人要在同一时间向同一个方向倾斜身体。

“开始倾斜！”奥马尔又说。

他们的球绕过了弯道，只是，速度快了些，转过了头，直接向一棵大树冲去。

球撞到了树上，乔和奥马尔又笑了起来。真好玩！可这时奥马尔发现了问题。

“哎呀！咱们要撞上前面的女生了！

赶紧向左倾斜！”

球和球相撞是不行的，那样大家都玩不好。乔赶紧倾斜身体。

“不对，是向左！”

乔迅速向反方向调整，可这时候已经太迟了，两个球已经撞到了一起。

“咱们给她们让道，让她们过去，”奥

马尔说，“向右倾斜。”

一时间，乔感觉满脑子糨糊。右边，左边，傻傻分不清！

“快向右！”奥马尔敦促道，“快点，乔，不然咱们又得和她们撞到一起啦！”

果不其然，两球再次相撞。奥马尔发现球还在滚，而前面……他顿时慌了神。

“前面是坡顶啊！快向左转……”

乔惊慌失措。一切都太晚了。两个塑料球都失控了。

接下来的几秒钟，天旋地转，整个世界都在眼前绕圈圈，他们沿着斜坡一直往下滚。滚到坡底之后，两个球又弹了弹，这才最终停下。大家都感觉晕头转向，纷纷打开塑料球上的出口，踉踉跄跄爬了出去。

四个人都晕乎乎的，站都站不稳，好在大家看上去都没受伤，乔松了一口气。其实，只是看上去没受伤而已，实际有没有受伤谁知道呢！莉莉似乎比大家晕得更厉害。乔正想说些什么，这时，一个领队跑了过来，脸上满是担心。她询问大家的状况，乔主动承认是自己的错。

“奥马尔让我往右转，可是……可是……我一时间分不清左右了……”

乔以为大家会笑他，没想到，谁都没笑。领队只是微微抿了抿嘴，表示理解。她说，乔和奥马尔左手手腕上都戴着手

表，所以，接下来奥马尔可以告诉乔“手表”“非手表”，这样就不用说“左”“右”了。他们把塑料球滚上坡顶，直到游戏结束，两个球都没有再出现失控的情况。

可是，乔怎么都高兴不起来了。他觉得自己特别笨。

游戏结束之后，四个人和露营的其他成员一起，在安排好的空地上吃饭。他们选了一张在树荫下的餐桌。乔听着其他人有说有笑，自己却一门心思研究着左右手。他一定要分清左右。

之前有一天，他还在手上做了标

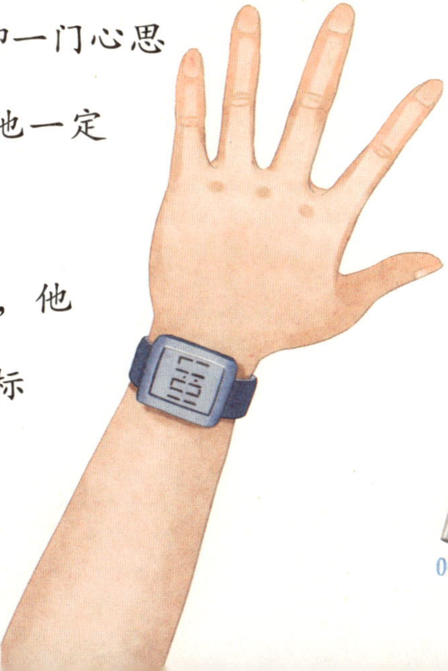

记，左手上写了“左”字，右手上写了“右”字。后来有人注意到了，就问他为什么要在手上写字。他胡乱找了个借口搪塞过去了，然后匆匆忙忙跑到卫生间，把手上的字洗掉了。好窘啊！

“手表”“非手表”这个方法倒是可以，只要他戴手表，并且手表一直戴在同一个手腕上，就没问题。可问题是，除了奥马尔，别人依旧使用“左”“右”来描述方向啊！

乔也试过其他简单的方法来识别方向。

左就是出门去城镇的方向。

右就是相反的方向。

这个方法对他来说很管用，可后来，学校的一位老师想帮他分清左右，就说了下面这句话：

“右手就是写字的手，乔！”老师面带微笑地说。

可她偏偏没留意，乔是个左撇子。

就这样，他的脑袋里又出现了混乱局面。

左是去往城镇的方向，但左手是我写字的手，如果我不是左撇子，我会用右手写字……天哪！

乔彻底糊涂了。怎么这么乱？

从那以后，他就彻底分不清左右了。

“嗨，乔，”莉莉打断了他的思绪，

“也许你用得着这个吧？”

莉莉把一个指南针顺着桌面推到他跟前。

乔不知道莉莉是真心想帮忙，还是在闹着玩。

“你为什么觉得我需要指南针？”乔问道，“难道我容易迷路？”

“哦，不是，不是那样的。”莉莉说，

“哎呀，我就是想送你这个礼物嘛。”

乔看得出，莉莉没有开玩笑。她是真的在送礼物。

“好吧，那……谢谢你了！”乔把指南针装进了衣兜。也许它能派上用场吧。

两人说话的时候，米娅还在据理力争，说撞球不是她的错，可事实上，是她嫌麻烦，没有系好安全带。

乔心里燃起了一股怒火，但他抑制住了。

他想大喊：“这不能都赖我们！”可如果他开口说话，只会让大家想起来，他连左和右都分不清。

乔忽地站了起来。奥马尔仰头看了看

乔，一脸诧异。

“喂，乔，你还没吃饭呢。”

“没事。你们吃吧。”乔说，“我想……我想出去走一走。”

奥马尔有些担心他。

“真的没事？”

乔知道，好朋友不放心自己——他担心自己会迷路。

“没事，”乔一边说，一边转身向外走，“我有指南针。”

找不到回家的方向了

乔没精打采地在树林里溜达，双手插在衣兜里，用脚踢着地上的树叶。

“我可真笨。”他沮丧地嘀咕道。

可他又觉得，这不叫笨。

乔在学校里有个朋友，他在阅读方面有问题，可他一点儿也不笨。学校里有些孩子学数学很困难，有些孩子不会弹奏某种乐器，而乔分不清方向。这并不能说明他们是笨孩子。

唯一觉得乔很笨的是他自己。哎呀，

真烦人！

乔觉得很饿，肚子一直在咕咕叫，声音大得旁边的人都听得到，但前提是，旁边得有人，可实际上，乔身旁一个人也没有。他已经不知不觉地转悠到了树林深处，露营地的吵闹声已经完全听不到了。

乔叹了一口气。不该饿的时候反倒饿了，真讨厌！他要沿原路返回，说不定赶回露营地的时候，吃饭时间还没结束。

乔转了个身，停下了脚步。

该往哪边走？

乔从两棵树之间穿了过去。他刚才就是这么走过来的……

不是吗？

难道他是从另一边走来的，穿过了灌木丛？

乔翻了翻眼睛，哎，他又一次成功地迷路了。

平时他不管去哪儿都和朋友们一起，大家结伴而行，所以，他根本不用思考该往哪个方向走。

之前在露营地他就迷过路，可那次因为迷路，他还意外地在夺旗游戏中获得了胜利。现在肯定不会再有意外收获了，他闷闷地想。

这个时候，乔想起

了指南针。他把指南针掏出来，研究了一下刻度盘。刻度盘上一共四个方向，一个指针，指针一直指向正北。很简单，他只要沿着指针往……

对啊，往哪个方向走?

乔大声叹了一口气。他根本不知道吃饭的那块空地在什么方向，因此也不知道该往哪边走。

可肚子依旧很饿。

“我还是挺聪明的，不是吗?”他小声说道。

乔双手抱头，用力思考起来。

树林里大大小小的路错综复杂，空地不止一块。乔记得，露营地周围有栅栏，所以，他只要沿着一个方向走，迟早会有所发现，比如，他会看到其他人，或

者栅栏。如果真的看到栅栏，那他一路找下去，就能找到大门了。

乔选定了一个方向，雄赳赳气昂昂地迈开了脚步。

可刚走了几步，他就得绕过灌木丛，这下他又弄不清刚才是从哪儿来的了。

乔没停下，继续走，只是心里有些

犹豫。

前面有条小溪，他必须绕道。

绕过去之后他又犯难了：他到底在往哪儿走啊？

乔感觉到心跳加快了，呼吸也急促了。要是他就这么一直在树林里绕圈子可怎么办啊？

还得靠指南针！跟着指南针就能走直线了呀！

乔又看了看刻度盘。

“啊，不会吧？”

现在指南针也指望不上了，因为指针在拼命旋转。刻度盘上现在不是四个方向，而是五个方向。

“好，很好，随便吧。”乔嘟囔道。他一把将指南针塞进了衣兜。

“眼下该怎么办？”

乔盯着离自己最近的一棵树，想从树上找些提示。他记得，以前有个电视节目上说，大树可以帮忙辨认方向。

可他不记得具体的方法了。

乔慢慢在原地转圈，试着回忆怎么靠树辨认方向。然而，大脑一片空白。

“好笨的树。”乔抱怨道。

他不再转圈了，可觉得头依然有些晕，周围的一切也都转了起来。

“啊！”乔大叫起来，充满了挫败感。

他东倒西歪，已经站不稳了，定睛一

看才发现，周围的树真的在转圈，不是他的错觉。它们一圈又一圈地转个不停。脚下的地面也在移动，在旋转。

乔晕乎乎地跪到了地上，还好，他没有摔倒。此时，树林里吹过一阵寒风。乔冷得直哼哼，然后抱紧了胳膊。他只穿了一件 T 恤衫，冷风吹过时全身立刻起了鸡皮疙瘩。乔忍不住发抖，牙齿也咬得咯咯响。

他这才发现，膝盖下不是土地，也没有树叶。

他跪在了冰面上。怎么回事？

乔抬起头看了看。

此时，他跪在一块浮冰上，周围是一

条河，河里有很多浮冰，彼此相撞，慢慢往下游滑动。河面很宽，水涨得很高。河两侧的树看上去就像圣诞树，树上落满了雪花。

乔身下的浮冰晃来晃去，长度相当于成年人的身高，宽度相当于他伸展开的双臂。

周围根本没有露营地，连他刚才走路的小树林都不见了。他抖得越来越厉害。如果继续这样下去，他一定会被冻死。

“喂，”附近有人在说话，“到这儿来！”

乔猛地转头，这才发现积雪覆盖的河岸上，一个男人在奔跑。

跟着水流走

那个男人穿得又厚又暖和，头上戴着毛皮衬里的帽子。他离乔不远，不用大喊就能听到他说话。

不过，他们之间隔着漂浮着厚厚的浮冰的河，他不得不喊。

男人在一棵小树旁站住了。他

掏出一把刀子，砍断了一根拇指粗的树枝，刀刃在空中闪闪发亮。

“水太冷，你不能下水，”他大声说，“像这样，一直把自己推到岸边。”

他慢慢跑起来，找到离乔最近的地点时，他像投掷标枪一样把小树枝抛了过来。小树枝不偏不倚地落到了乔面前的冰块上。

乔的手指已经麻木，他用力握紧小树枝，试图站起来。这个时候，冰块又开始晃动了，乔很快又跪了下去。

“别站啊，”男人大喊，“跪着就行。要把重心

放低，慢慢往前推。千万不要从冰块上滑下去。”

乔紧张地把树枝插进了水中，冰块的一侧翘了起来，不过这个时候，乔感觉到树枝戳到了河底。他把全部力量集中在双臂上。冰块移动了，树枝的一端并没有动，可很快乔的身体就出现了倾斜，冰块也跟着歪了起来。他赶紧用树枝支撑，冰块这才恢复到了水平状态。

乔一点点地推动冰块，慢慢往岸边靠。因为用力，他感觉身上暖和了一些。牙齿不再打架，身体也不再剧烈发抖了，只是双手依然没有知觉。

“你做得很好！”

乔不敢抬头，不过，那个男人依然在岸边，依然在鼓励他，知道这些就足够了。

最后，冰块总算碰到了河岸。河岸上就站着那个男人。他已经伸出了手臂。

“来，跳上来！”

乔刚站起身，冰块就又开始晃了，他没有再犹豫，一下子跳上了岸。因为反作用力，冰块向后撤出了好远。好在那个男人已经抓住了乔的手，把他拉到了河岸上。

“太棒啦！”他微笑着说，“你刚才表现不错。现在肯定暖和多了！”他指着旁边的小树林说，“我的帐篷在那边。”

两人从松树林中穿过，去往林中空地的时候，乔的胳膊和双脚已经失去了知觉。到达空地之后，乔喜出望外，因为他看到了最期待的一幕——一个小火堆，柴火烧得噼啪作响，上面挂着一口金属锅，锅里冒着热气。

乔蹲在火堆旁取暖，那个男人忙着从背包里掏东西。

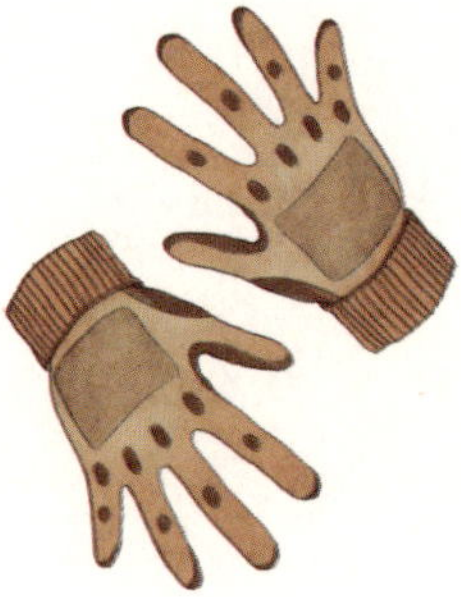

一件暖和的夹层外套，一条厚厚的裤子，一副手套，一双厚厚的袜子，还有毛皮衬里的靴子。

乔打算把所有这些都套上。可现在他的手指依然是麻木的，根本握不起拳头。

“等一下，我来帮你。”那个男人撑着外套，乔直接将胳膊

伸进了袖子里。“和低体温症做斗争的时候，每一分每一秒都很关键。”

“什么？低什么？”乔咬着牙齿，结结巴巴地说。

男人帮乔扣好外套的扣子。

“低体温症的意思是，身体的核心部位太冷了，没办法让整个身体暖和起来。别担心，你没事。咱们的动作够快。”

“看来我要给你当向导了，”他愉快地说，“我叫贝尔。你做好探险的准备了吗？”

“差……差不多吧。”乔的牙齿还在打架。他把连在外套上的防风帽戴了起来。虽然现在从头到脚都武装好了，可乔的心里依然觉得很冷。“谢谢你。我是乔。我……我现在还是很冷。”

“咱们原地跑。”贝尔一边提议，一边示范，乔跟着学了起来。慢慢地他

的身体里隐隐有了一丝暖意。

“然后这样，”贝尔开始转动双臂，此时，他的双臂像风车一样，“动作有点奇怪，但有利于恢复四肢的血液循环。”

乔按照贝尔的指导转动胳膊，大约转动了一分钟。没一会儿，手指就出现了针扎一样的感觉，不过，针扎的感觉过后，手指很快就恢复正常了。

贝尔拿出了两个杯子，在杯子里放了些松针，又从火堆上的金属锅里倒了些热水。

“来一杯松针热茶怎么样？”他说，“富含能量和维生素。对你来说简直是雪中送炭。”

“谢谢。”乔感激地接过热水。他根本不在意这是什么茶，对他来说，只要是热的就够了。热水的温度隔着手套传递给了双手。贝尔和乔面对面坐在火堆两侧的木头上，贝尔给自己也倒了一杯热茶。乔喝着松针茶，感觉到体内有一股暖流在慢慢上升。

“多谢你帮我，”乔说，“不过，咱们……咱们现在是在哪儿？我本来想跟着指南针走的，结果迷路了。”

“指南针在这儿的确没用，这儿是北

极。”贝尔附和道，“指南针的指针指向地磁北极点，但我们所在的位置太靠北了，几乎在地磁北极点了。按照指南针的指示走，只会不停转圈。”贝尔喝了一小口茶，又说，“我在河边走路，结果冰坝破裂，河水一下子涌了过来，挡住了我的去路。我得重新规划路线，因此行程比原计划长了一天。”

“不能直接过河吗？”乔问。

贝克微笑着摇了摇头。

“精神可嘉啊，乔。不过，对于求生来说，要认真考虑你有哪些可选项。水流的力量很大，即使速度很慢也不容小觑。刚才那条河水的时速大约是十一公里，足以把房子冲走，所以，我根本不用尝试过河。何况天又这么冷。我准备找一处废弃的狩猎小屋过夜。湖边就有，走几个小时就到了。”

“我真走运，能在这里遇到你。”乔若有所思地说。

贝尔笑了。

“哈哈，这倒是真的！好运往往不期而至。我只是在这儿歇脚，喝点热水，没想到遇到了你。”

贝尔和乔又喝了一些水。乔觉得身体暖和起来了。贝尔微笑着说：“咱们一定要多喝热水。身体需要补充水分，还需要保暖。这一带白天的气温低至零下二十

摄氏度。我带了一些吃的，当然，只够一人食用，而且只够短途行程！咱们要边走边找食物了。所谓求生，就是向大自然求助，而不是和大自然对抗。不过，我要提醒你的是……”

“求生很艰苦，对吧？”乔说。

贝尔点了点头。

“没错。不过，咱们有合适的工具，有明确的目的地，也有积极的心态。最重要的是，咱们一共两个人，是一个团队。求生者需要的一切咱们都具备。”

乔顿时轻松了许多。很明显，贝尔相信他们能成功，所以，乔也相信这一点。

可是，乔突然想到了什么。

最好不要在这片树林中迷路，先做到这一点再说吧……

雪上涟漪

乔帮助贝尔，两人一起做好了雪上跋涉的准备，可他心里有个疑问一直挥之不去。

他们把火堆旁边的雪踢了踢，将火堆熄灭。接着，贝尔给了乔一根可伸缩的手杖。乔将手杖调到适合自己的长度，贝尔则现砍了一根树枝当手杖用。与此同时，他递给乔一个容量为一升的水壶，让乔往里面装雪。两人各自忙活着。

“不错。”乔装满雪之后，贝尔称赞

道，“把水壶塞进外套内侧的衣兜，这样体温就能将雪融化成水。咱们向正东前进，温度慢慢会升高，水壶里的雪会融化。你准备好了吗？”

乔点了点头，尽量掩饰内心的紧张。

可他们刚走了几步，乔心里的疑问就又冒出来了。

“贝尔，咱们怎么判断行走的方向呢？哪个方向是正东？”

“问得好。如果你会观察，周围有很多提示。”贝尔说，“首先，咱们要顺着风向走，这种风我们称为盛行风。”

“可有时候风向会变啊。”乔立刻指出了问题所在。

“你说得没错，所谓‘盛行’，指的是风多数时候吹来的方向，不是一成不变的。这一带风大多是吹向海边的，也就是东边，所以灌木丛一边厚，一边薄，不被风吹的那一侧肯定长得更好。除了风向，还可以观察树上的苔藓。”贝尔用手中的棍棒敲了敲树干，“你知道为什么苔藓只

长在这一侧吗？那是因为这一侧晒不到太阳。换句话说，这是北侧。稍微练习一下，你就能判断出大致的方向了。”

“哦，这就是树的秘密！”乔说。他下定决心好好学。

两人继续往前走。乔很高兴有贝尔负责指引方向，不过，一路上他一直在留意观察，想确定两人是不是在往东走。有几次他被树根和藏在雪下的东西绊到了，差点摔倒。贝尔向乔演示该如何使用手杖——每走一步之前，都要先用手杖试探一下路面情况。

没一会儿他们就走出了树林。乔惊呆了，眼前是一片平坦的白得刺眼的雪地，

雪地上偶尔有隆起的灌木和小树。可即便这样，乔也觉得根本无法判断方向。在这片雪地上走，很可能会迷路。

贝尔似乎猜出了乔的心思，于是指着地平线附近的山脉对乔说：“乔，别紧张。那些山就是最好的地标。咱们只要朝那座最高的山前进，方向就不会错。”

“可如果那些云把山挡住了怎么办？”乔小心翼翼地问。他总是迷路，所以任何看上去很聪明的方法他似乎都能找出破绽。

“问得好，”贝尔用手里的树枝指了指地面，“你自己看看。有没有发现雪地表面有涟漪？”

乔仔细看了看地面。之前他从未注意过这一点，因为雪地上的涟漪只有几毫米的起伏，而且颜色和周围没什么不同。可乔现在发现，雪地上的确有涟漪，两条波纹之间大约间隔十厘米。涟漪慢慢向外扩散，最终消失，而且扩散的方向都一样。

“这也是盛行风的风向，”贝尔说，“这种涟漪我们称为雪面波纹，是风造

成的。所以咱们可以看着雪面波纹寻找方向。”

乔一边跟着贝尔在雪地上前行，一边低头观察，生怕雪面波纹突然扭动改变了方向。这让他想起了地图上的等高线，可他依旧心里没底。乔从来都不擅长看地图。

平地上的雪比树林里的更厚、更密。乔学着贝尔的样子，每次落脚之前，都先把腿高高抬起。用这种方式走路看上去很奇怪，没一会儿大腿就疼了。可相比拖着脚步，蹚着雪前行，这么走更省力。

走了一会儿，他们看到前面有一块隆起了，参差不齐的，那是一丛植物。乔没

怎么当回事——不就是几根茎秆和一些干枯的叶子嘛！贝尔却在植物旁边蹲了下来，他拨开枯叶。乔也凑了上去，原来，枯叶下面藏着几个小小的蓝色浆果。

“太棒了。这是岩高兰浆果。”贝尔说，“天这么冷，得有双倍的热量人才能存活。这些小东西会帮咱们补充能量，还

能提供一些维生素C呢。”

贝尔开始摘浆果。乔发现，膝盖旁边的雪地里有一堆黑色的小豆子。也许是掉落的浆果吧，他心想。

乔戴着手套，笨拙地去捡地上的黑豆子。嗯……他把黑豆子举到面前，仔细研究。咦，不像浆果啊！果皮硬硬的，更像是皮革。

“你捡的应该是驯鹿的便便。”贝尔笑着说。

“啊呀！”乔赶紧将手里的黑豆子丢开了。“看来驯鹿和咱们的路线一样。”贝尔小声说，“有没有看到雪地上的脚印？”果然，雪地上有两列痕迹，靠在一起，形状就像苹果核，但比苹果核大很多。乔伸开手，刚好能把地上一个完整的脚印盖住。

“脚印真大！”

“对啊。这样在雪地上行走的时候才能分散压力，以免陷进雪堆。”贝尔说，“好啦……”

前面是上坡路，地上的脚印慢慢

不见了，乔和贝尔继续往前走。

“咱们得小心点，”贝尔小声说，“不能因为避开驯鹿而绕远路，不过，驯鹿视觉灵敏，而且很容易受到惊吓。还有啊，它们跑起来速度比咱们快十倍，所以，如果它们把你视作威胁，要攻击你，你几乎是逃不掉的。”

乔和贝尔小心翼翼往前走，然后趴在缓坡上偷偷往前看。

前面果然有驯鹿，不是十只就是十二

只，它们体形像小马驹，浑身棕红色，其中一些头上还长着很大很硬的鹿角。乔暗自高兴离它们还有一段距离。他可不想被驯鹿群追赶，何况它们的速度比自己快十倍。

突然，贝尔点了点头，然后扬起手，小声对乔说："瞧那边，看到了吗？"

拼图碎片

乔眯着眼睛仔细看。贝尔指着坡底一处灌木丛，可乔什么也没看见。那不就是一丛乱糟糟的植物吗？

然而，贝尔却皱起了眉头。

“那儿有东西，”他顿了顿，又说，“如果我的猜测是对的，咱们还是得去看看。”

贝尔和乔偷偷往前爬，一直爬到了灌木丛跟前。贝尔拨开灌木丛的叶子，乔才看到灌木丛下藏着什么。

那是一只驯鹿。鹿角上缠着乱糟糟的

藤蔓，整个身体趴在地上。

“它……它……”乔不忍心说出那个字。

“你想问它死了没有，是吧？”贝尔一边凑上去，一边将手搭在驯鹿的脖子上。“死了，而且是刚死的。”

乔目不转睛。他这才意识到，他长这么大从没有像这样近距离接触过野生动物。

“它是怎么死的？”乔问。

贝尔指了指驯鹿的一条腿。那条腿弯曲的姿势很怪异。“一定是跌断了腿，然后被灌木丛缠住了。它肯定挣扎了一段时间。可这里天寒地冻，跌断腿对于这样的动物来说就等于判了死刑。最后它肯定是没劲儿挣扎了。”

乔看着死去的驯鹿，心里有些难过。两人喝了一些水。水壶里的雪果然已经融化成了无味的冰水。

前面依然是荒野，依然可能迷路，乔还是有些紧张。

乔和贝尔在一片银色的树木中艰难穿行。乔不认识这是什么树，但他仔细看了看，发现有些树上长着苔藓。乔还是决心把认路这件事搞清楚。

乔仔细想了想。如果他和贝尔现在是向东走，苔藓在北侧，那就应该在左边。实际对不对呢？

乔选了一棵树看了看，他认为苔藓可

能在北侧。苔藓在自己的左侧，左侧就是北——如果他们真的在朝东走的话。

再往旁边看，有一棵树上全是苔藓，而另一棵一点儿苔藓也没有。怎么情况各不相同呢？

乔沮丧地哼了哼。贝尔冲他笑了笑。

“你没事吧，小伙子？”

乔犹豫片刻，然后说出了自己的疑虑。贝尔点点头，表示理解。

“这个呢，和盛行风一样。苔藓多数都长在北侧，但并非没有例外。你可以试试另一种方法。”

地上有一棵倒下的树。贝尔蹲下来用刀子将断面处理平整，指了指树干上的年

轮。年轮从中间向外扩散，越靠近树皮，年轮的圆圈越大。

“活着的树每年在生长季长一圈年轮。可你发现没有？朝南的一半较疏，朝北的一半较密。因为这边阳光多，所以这个方向就是南。当然，想用这种方法辨别方向，前提是有倒下的树，而且横断面要尽量平整。”

贝尔站起身，伸出双手，十指展开。

“所以，你瞧，咱们有很多线索可循。苔藓、年轮、风、植物、雪面波纹，这些就像拼图碎片。”

说到这里，贝尔两手合在一起，十指相扣。

“所以，如果你能把这些线索结合起来，大自然就会给你展现全景，咱们要看的就是全景。”

没一会儿，他们就来到了河边，岸上的积雪已经堆了起来。贝尔用棍子往雪堆里插了一下，足足插进去一米，他兴冲冲地说：“中午休息刚好需要这个。”

“需要什么？雪？”乔很惊讶，“雪不是很冷吗？”

贝尔笑了：“很快你就明白啦！”

他们戴着手套，用手在松软的雪堆里挖出了一个战壕一样的坑。又过了一会儿，河岸的雪堆里就出现了一个一米深的雪洞，足够他们两人肩并肩坐进去。

接着，贝尔又在雪洞上方挖了一个小洞，直接通到地面。

“这个洞可以让冷空气进入。好啦，现在你去找一些树枝架在上面，我来生火。”

乔走进树林寻找树枝，但始终没有远离贝尔的视线。最后，他找到了几根枯树

枝，长度跟他的身高差不多，上面还带着树叶。乔把树枝拖到了他们挖好的大洞里。

贝尔把防潮垫铺在洞里，然后在洞口生火。他们两个又把大树枝拉过来，盖住雪洞。

让乔惊讶的是，他居然觉得暖和了。

“哦，”乔发现了秘密，“树枝像屋顶，暖空气不会流出去。”

贝尔在火堆旁边堆放了一些银色的树皮碎块，他往前倾了倾身体，又往火堆里添了一块树皮。

“现在有火了，”贝尔欣慰地笑了笑，“桦树皮的树液易燃，特别适合引火。”

现在乔总算知道这种银白色的树叫什么名字了。

贝尔从背包里拿出一些冻肉，然后摆在一块木头上，放在火上烤。冻肉经过烘烤之后闻着很香，吃起来很美味。两人又喝了一些融化的雪水，接着，乔又往水壶里装了一些雪。

再次起身准备赶路的时候，乔想借机试试自己的认路能力。

“咱们该往哪个方向走呢？”贝尔一边整理背包，一边问。

乔往火堆上踢了一些雪，把火熄灭之后，环顾四周。他指了指：“是不是那边？”

“没错！”贝尔笑了，“你是怎么判断的？”

“我看到了刚才咱们走路的脚印，所以觉得只要继续前行就可以啦。”乔有些害羞。

贝尔哈哈大笑。

“对啦，这就是另一块拼图！线索越明显越好，如果不明显，就尝试其他的可

能。比如，西边的树枝上有雪，可是东边的树枝上没有，你发现了吗？”

“因为风是自东向西吹的，”乔说，“所以西边树枝上的雪没动。”

“你说得对。看来你学会观察了，乔。”

乔很高兴通过脚印判断出了行进方向，听到贝尔的鼓励，他心里更甜了。

又走了几分钟，两人来到了一条冰冻的小溪旁。冰不厚，他们能看到下面淙淙的溪水。

“咱们可能要跨过去，”贝尔说，“不过，现在看来，顺着小溪走，方向没问题，先走一段试试吧。”

“方向没问题？”乔听到这句话之后

心里一阵紧张。他能看到，小溪在树丛间曲曲折折，如果他们顺着小溪走，肯定没办法一直向东！

乔尽量让自己平静下来。

没错，小溪的方向是有变化，可他们还可以参考其他线索。

就这样，两人又往前走了几分钟，树渐渐少了。前面是一块空地，小溪顺着悬崖流了下去。

悬崖看上去不算高，乔暗暗判断，大约四五米，不过，跳下去依然有危险。

他继续往悬崖边上靠，想看看悬崖究竟有多高。贝尔走过来，拍了拍乔的肩膀。

“小心点，咱们不能往边上靠太近。

你有没有注意到悬崖边上积雪的形状？我可以肯定地告诉你，积雪是伸出去的，下面悬空。如果站上去，积雪就会崩塌；如果想从悬崖爬下去，也很可能被掉落的积雪砸到。”

乔感觉心一下子沉了下去。他回头看了看两人的脚印，又看了看他们来时的路。

“这么说……咱们得重新寻找方向了？”

唯一没有雪的地方就是瀑布。贝尔小心翼翼沿着冰冻的水流走到悬崖边缘向下看，然后扭头对乔笑了笑。

“咱们就从这儿下去。”

他往后退了几步，然后从背包里掏出一卷绳子和一把小斧头。乔完全猜不透怎么固定绳子。附近有树，可离他们还有段距离啊。

贝尔拿出斧头，在冰上凿了一个洞，然后在相距一米的地方又凿了一个。

1
2
3

接着，他把绳子对折成两股，将对折的一端穿过其中一个洞，然后从另一个洞里拽出来，不停抽拉，直到两个洞外的绳子长度相当为止。现在他手里有四股绳子，两两在一个洞里。

乔这才恍然大悟。

“绳子对折了，”他说，“所以咱们只要拉住一端，另一端就会直接滑出来。”

贝尔点点头。

“绳子的用处可大了，千万不能忽视。如果只用一股，承重不行，还会给冰洞边缘带来巨大压力，两股就好多了。我先下去，确保安全。你跟在我后面下来没问题吧？”

乔笑了。

“我分不清东和西，但是径直向下应该没问题！”

贝尔听了哈哈大笑。

“很棒！那咱们开始！”

他们先把贝尔的背包顺着悬崖扔了下去。

“这样能轻一些，反正背包也不怕摔。”贝尔说。接着，他双手抓住四股绳子，一点点向后退。

“崖壁上结冰了，但有突起的石头，”他一边往下绳降，一边冲乔大喊，“所以要仔细看看在哪儿落脚。千万不要两手同时松开绳子。一次只动一只脚。”

几分钟后，轮到乔行动了。

乔慢慢往下降，一步接一步，一块石头接一块石头。冰面开裂了，发出了咯吱声。他听到了冰面中间汩汩的水声，水流就在他面前几厘米的地方。

因为承担着体重，绳子拉得很紧。乔双脚最终着地的时候，心里松了一口气。

贝尔用力拉住绳

子的一端，另一端嗖嗖往上滑。没一会儿，整根绳子就落到了他们脚边。贝尔把绳子卷起来，重新装进了背包。

乔环顾四周，强忍心中的疑虑。小溪和悬崖上一样吗？流向没变吧？他不确定。如果变了，他们该往哪个方向前行呢？

乔突然想到，他脚边就有一个明显的线索。

“咱们应该朝湖边走，对吧？”他说，“小溪最后肯定会汇入湖泊、大海什么的。”

贝尔微笑着点点头。

“你说得对，乔。小溪大多都是汇

入湖泊。这附近的水流最后也都是汇入湖泊。”

“所以，咱们只要跟着水流走，就能找到那个湖！”乔高兴地说。这么说，小溪再怎么蜿蜒曲折都不要紧了，只要他们跟着小溪走，最后肯定能走到水流的尽头。

没一会儿，小溪就流进了一个弯弯曲曲的小山谷。山谷两侧也是雪，雪下盖着灌木和低矮的小树。灌木的枝干露了出来，黑黢黢一片。乔发现，山谷一侧比另一侧更黑，因为灌木更多。他心里立刻想到了几个解释，其中一个甚至脱口而出。

“这一侧是朝南吧？”乔指着灌木更

多的山坡问道。

贝尔笑着点点头。

“小伙子，你说得对。瞧，这一侧树的枝干也更长，因为得到的阳光多，所以获得的能量也就多。你发现了吗？你现在已经非常擅长辨认方向了！”

接下来的时间里，乔一边跟着贝尔赶路，一边留心观察周围，想找到更多的线索。

他一直在走路，可草木山川都是不动的。就算他不看，线索也不会变。他应该相信这一切。

他总算能安心了！

乔觉得自己充满了信心，这个时候，他发现他们已经走到了山谷尽头。树没了，小溪狭窄的冰面慢慢变宽了，变成了一大片。

那是湖！

结冰的湖面向

四周扩展，足足有一公里多宽，湖的对岸远远可见一些树木。乔忍不住笑了。他们走了这么久——几乎花了整整一个白天，这个时候，天空一片红霞，太阳慢慢落山了。他学会了辨认方向，他们也赶到了贝尔一开始计划到达的地方。

可是，这种美好的感觉只持续了几秒——贝尔不是说要找一间狩猎者小屋吗？

乔又往四周看了看。

周围并没有建筑物，除了树还是树，除了雪还是雪。他们仔细认路了啊，难道走错了？乔暗暗嘀咕。

“这就是咱们要找的那个湖，对吧？”

他为了弄清楚，又问了一遍。

贝尔点点头。

“咱们赶到了计划中的目的地，乔，”贝尔说，“快过来。”

乔跟着贝尔往前走，尽量让自己高兴一些。好吧，湖是没错，可小屋呢？

就在这时，他发现树林旁有一堆雪，雪堆上竖着一个金属烟囱。

冰与火

烟囱是唯一的线索，小屋的其他部分就是一个光秃秃的雪堆。

“门很可能是朝向湖那边的，”贝尔说，“所以，咱们可以从这边挖。”

他和乔又开始挖雪了，像中午挖雪洞时一样，一下又一下，最后，两个人身上都盖满了碎雪。木制的墙慢慢出现了，还有一扇门，一扇脏兮兮的塑料窗子。

“剩下的雪不用挖了，可以保暖。”贝尔一边说，一边推开了门。小屋里面和外面一样冷，好在没有雪。整个小屋只有一间，光线昏暗。乔看到，屋里有一张桌子，一些架子，架子上放着些零零碎碎的东西。屋里还有一个金属炉子，一堆粗细不等的木柴，两张上下铺。

贝尔直接走到炉子旁边。一旁的架子上放着一盒火柴，还有之前的探险者留下的一张旧报纸。因为时间长，报纸已经发黄了，而且十分干燥。贝尔将报纸递给乔。

“乔，你可不可以撕下四分之一？咱们不能把一整张都浪费掉。把撕下来的部分团成几个小球。”

乔照做，贝尔抓起一把木柴，在炉子

里摆成了一个小火堆。最下面是乔团好的纸球，上面是小块的木柴，小木柴的上面是较大的木块。摆放好之后，贝尔用火柴点着了纸球。贝尔关上火炉的金属门，橙色的火苗开始向上蹿。

“咱们离开小屋之前，火可以一直点着，这样很快就能暖和起来！”他说，“还可以再烤一些肉。”

他们喝了一些融化的雪水，在火炉上面的金属锅里煎了几片肉。小屋也暖和了，和乔露营的帐篷差不多。他们把装了食物的背包放到了屋外——大自然现在就是个大冷库。

“烤肉很好吃，”贝尔说，这个时候，

两人又喝了些松针茶，“但早餐咱们可以换换口味，吃些鱼。”

“太棒啦！”乔表示赞同。

“所以呢，咱们需要一些工具。我背包里有一卷线，你去拿。咱们去屋外的冰上再生一堆火，就用这些木柴。明天咱们离开之前重新收集一些引火物和木柴，好方便其他探险者使用。”

“屋外的冰能禁得住咱们吗？”乔问道。这时他们已经走到了屋外。以前在家里，鱼塘结了冰，乔试着站在冰面上，结果却陷了进去，整个人都湿透了。如果在这个地方掉进水里，情况只会更糟糕。“小溪上的冰看上去很薄。”

贝尔微笑着走到了冰面上，并在上面跺了跺脚。

“溪水是流动的，所以不会结冰，水如果静止不动，温度这么低，那就没问题啦。要禁得住你的体重，冰面至少得有五厘米厚，很明显，这里的冰不止五厘米。如果你不想冒险，可以先用棍子戳一戳，试三次，如果三次冰面都纹丝不动，那就没事。”

贝尔和乔在冰面上走了大约五十米，他们抱着粗细不等的木柴和一些桦树皮。贝尔让乔回去再取些柴火来，这次要拿杉树枝。贝尔开始在冰面上凿洞。

等乔回来的时候，贝尔已经用斧子和

小刀在冰面上凿了一个足球大小的洞。果然如贝尔所说，冰面很厚，乔猜测大约有十厘米，下面的水漆黑一片。

“递给我一些线，可以吗？”贝尔说。他截下一米左右，然后从一根粗树枝上折下一根小棍，长度差不多是乔小指的一半。他用刀子切掉上面的树皮，然后把两端削尖。

“拿着这个。”

乔拿着削好的小木棍，贝尔用线系在了小木棍中间。

“这就是双刺钩。”贝尔一边说一边忙

活。他把一小块肉穿在了刺钩上。

“鱼儿过来咬钩，吃鱼饵。但鱼饵和钩连在一起，鱼饵被咬掉之后，钩子会乱晃，很容易钩住鱼嘴，这样鱼就跑不掉了。”贝尔说，“好啦，咱们现在该去生火了。”

贝尔和乔在冰洞旁边用带过来的木柴搭了一个小火堆。先放细树枝，再放小木

块，最上面是桦树皮。

“我点火的时候，你可以把那些杉树枝整理成一捆吗？”贝尔说，“带叶子的一端全放在一起。一会儿你就知道为什么了。”

乔尽可能把那些柴火收拢在一起，贝尔点着了火。树皮里有树液，火苗一下子蹿了上去，树枝噼啪作响，火舌不停舔着树皮。没一会儿橙色的火苗就欢快地跳起了舞。

乔以为点火是为了让他们取暖，在等鱼上钩的这段时间不受冻。可这也太费事了，在温暖干爽的小屋里待着不就行了吗？他觉得在冰洞旁边点火一定有其他什

么原因。

“我觉得这是为了吸引鱼儿，对不对？”乔说。他觉得水下的鱼透过冰面会看到火苗。贝尔点点头。

“火堆是这附近最亮的地方，从水下看也是一样。鱼会过来看，然后会发现还有一块肉等着它们呢。”

贝尔把鱼线系在了一根木棍上，然后把木棍横着搭在了冰洞上。鱼钩和鱼饵此时已经沉到水里了。

“现在杉树枝要派上用场了……”贝尔又说。

他们把带叶子的一端塞进鱼线周围的冰洞里。树枝相互压着，把洞口塞得严严实实的，根本不会松动。

“这样挖出来的洞就不会再次结冰了。”贝尔说，“你不知道，就因为没做这一步，有多少冰洞都废掉了，根本钓不上鱼！火不仅会引来鱼，还有可能引来熊和狼，所以咱们还是回小屋里。今天晚上就待在这儿，明天咱们就能到达海边啦！”

一条小鱼

日光透过脏兮兮的窗子溜进了小屋。乔盖着暖和的羊毛毯子，翻了个身，舒展了一下四肢。

小屋的另一张上下铺上，贝尔依然在熟睡。

乔的肚子咕咕叫了起来。这让他想起了他们的早餐计划。有没有抓到鱼呢？

现在出去看看多棒啊！

他穿好衣服，系好鞋带。桌子上有一截铅笔头，乔找了一张纸，给贝尔留了便条：我去看看鱼。贝尔说了，他们是一个团队，所以，他应该告知队友自己去了哪里。

乔觉得口渴。他们应该多备一些水。门旁边的架子上有一个旧的金属水壶，上面系着一根带子，这是之前使用小屋的人留下的。乔决定再往水壶里装一些雪。他把水壶的带子背在肩上，拉起帽子，走了出去。

睡了一觉，他都忘了外面有多冷了，结果，刚一出门，脸就像刀割一样疼。他大口喘气，冰冷的空气一下子灌进了肺里。天哪，可真冷！

乔很庆幸，衣服保暖性很好，皮肤依然觉得暖暖的。现在他穿着厚厚的极地服装，这种服装特别挡风。

先从哪儿开始呢？按照轻重缓急来吧。乔把雪装进水壶，然后把水壶塞进外套，他迅速把外套裹好，以防冰冷的空气钻进来。

接着，他慢慢走到了湖边。

这一段路不难走，只要沿着昨天的脚印就可以了。昨晚又飘了一些雪，脚印有些模糊了，但依然可以看见。

乔望了望湖面。

他已经看不到湖对岸了。确切地说，他很难判断出能看多远。冰面上有一层白雾。他不知道该往哪儿看。

乔站在原地，定睛观察。湖面上没有脚印，也没有钓鱼的洞。洞旁边的火也不见了。乔知道，火肯定很早就熄灭了，可就算灭了，也得有一堆灰烬啊。

现在他能看到的只有毫无方向的白雾。如果他早餐想吃鱼，就得走进白雾仔细寻找。

乔差点就准备转身离开了，这个时候，他低头看了看冰面。

雪面波纹！

昨晚他根本没想到观察雪面波纹，他只顾跟着贝尔，径直走在冰面上，当时手里还抱着很多木柴。今天早晨他才留意，风是斜着吹过湖面的。乔知道该怎么做了。他根据陆地上的脚印判断出了方向，如果让雪面波纹像这样一直保持倾斜，沿着这个方向走，就能走出一条直线了。

乔继续前行。

白雾越来越浓，完全把他包围了。没一会儿，乔就看不见身前和身后了。湖岸和树木全消失在了白茫茫的浓雾中。

不过，乔依旧能看到雪面波纹。

“继续走，”他小声说，“继续走就可以了……”

乔继续沿着雪面波纹勾出的对角线往前走，一直没有停下脚步。

浓雾中出现了一个灰色的点。就在正前方。乔感觉到心跳突然加快了。

接着，他脚边出现了一堆灰烬，灰烬旁边是盖着杉树枝的冰洞。火堆下面的冰融化了，成了一个小坑，但是冰太厚，并

没有完全通到底。

“找到啦！”乔激动地挥了挥拳。

因为有杉树枝，冰洞经历了这么冷的夜晚都没有被冻上。乔扒开树枝，拉了拉连着鱼线的简易钓竿。鱼线完全浸在水里了。乔用拇指和食指捏住鱼线。他感觉到鱼线的另一端有一定的重量。乔有些激动。他又扯了扯鱼线。

鱼线的另一端猛地一拉，鱼线从他手里滑了出去。好在鱼线是系在钓竿上的，不然刚才一滑，鱼线肯定落到湖水里了。

“钓到鱼啦！我们钓到鱼啦！”乔高兴地欢呼起来。

他再次拉动鱼线，手指丝毫不敢放松。他感觉到鱼儿在和他较劲，线变紧了……

突然，他意识到了问题所在。如果他一直这么拉鱼线，鱼儿一直和他对着干，那鱼线最后很可能断开，到时候鱼儿跑了，他们也就前功尽弃了。

乔慢慢地把鱼线往水里送了一些。好险！可他不知道接下来该怎么办了。对了，贝尔一定知道。现在乔要回去找贝尔。

乔心想，现在只要转个身，沿着自己的脚印往回走就行了……

对不对呢？

刚才到达冰洞旁边时，他转了一圈，现在地面上有很多脚印。浓雾依然在，乔根本看不出该往哪个方向去，他甚至看不出自己是从哪个方向来的。

如果方向判断错了，那接下来就只能围着湖转圈圈了……

“冷静，乔。”他小声对自己说。不管往哪个方向走，最终都能到达岸边，反正陆地不会动。

再说了，不是还有雪面波纹吗？既然

雪面波纹能引着自己过来，那就能引自己回去。

乔开始回忆刚到这里时火堆和冰洞的相对位置。他虽然不停转圈，可眼睛一刻也没离开地面，最后，他总算找到了火堆和冰洞最初的位置特点。火堆在这儿，冰洞在那儿，雪面波纹是朝那个方向的。所以，背后一定是来时的方向。乔原地转身，几乎用身体画了个半圆。他重新记下雪面波纹的朝向，然后就迈开了脚步。

一分钟之后，乔脸上就乐开了花。刚走出白雾，他就看到了目标。乔沿着自己的脚印回到了小屋，高兴得在心里唱起了歌。

乔推开门准备进去，进门之前，他扭过头，满意地看了看身后。一切都在原地，包括他自己。

他转身推开门，进了小屋。

“嘿，贝尔，咱们钓到鱼啦！”他大声说。

乔愣住了，惊讶地眨着眼睛。

贝尔呢？

咦？小屋呢？

雪地呢？

湖呢？

乔脚下的地面上是枯叶和松针。他依然穿着牛仔裤、T 恤和运动鞋。

他很暖和。

关于水壶

乔回到了露营地，可还是觉得分不清东南西北，这一点似乎和离开时没什么两样。

他慢慢转了一圈，看了看树。

他看到了苔藓，看到了树木生长的特点。他知道哪边是南了！可如果不知道就餐的那块空块在哪个方向，知道哪边是南也没用，不是吗？

“加油，”他小声说，“你可以的。贝尔都告诉你了呀！”

他隐隐有些怀疑。乔知道，自己不可能就这么往返于北极。他记得自己头有些晕。对，一定和头晕有关。一定是自己的脑袋出了问题。

可他记得很清楚，贝尔跟他说，要找线索。也许他可以试一试。

乔回忆和小伙伴吃午饭的情景。他闭上眼，在脑海中勾勒那幅画面。他选了阴凉处的一张桌子，那一定是一块树荫。这么说，树木挡住了太阳，树下是餐桌。

他从桌子旁边走了出去，而且是跟着树荫走的。

也就是说，他离太阳越来越远了。

现在只要向着太阳走，就能回到吃饭

的地方了！

乔激动极了，心怦怦直跳，他循着树荫，回到了树林中。他觉得自己像是做了一场梦，可现在充满了自信。即便是做梦，这一切也讲得通。

很快，耳朵就证实了他走的路是对的——他听到了小伙伴吃饭的声音，现在他更自信了。

几分钟之后，他就回到了就餐的那块空地上。他的小伙伴都在。

更棒的是，他的午餐也还在，好像没人动过。真是心想事成！乔现在饿坏了。他记得他走了一整天，早餐的那条鱼都没吃到。

乔笑着摇了摇头。这不是真的！他在心里提醒自己。可即便那只是一场白日梦，身体却在告诉他，一切经历都是真实的。

“喂，朋友们，”乔坐到了餐桌旁，他感觉有一个硬硬的东西直撞他的屁股，于是将它往一边挪了挪，“谢谢你们帮我留着午餐。”

“我们也不知道你回不回来。”奥马尔说。

“所以只把你的午餐吃掉了一半。”莉莉笑着说。乔听了哈哈一笑。

“多谢大家！”

可是，留给他吃午饭的时间并不多。

一转眼，一位领队就走了过来，她拍了拍手。

“好啦，下午的活动时间到了！记住啦，明天活动的报名时间截止到下午两点，如果你们还没报名，就只有十分钟啦。不报名，就不能参加活动。”

乔迅速吃完午饭，匆匆站了起来。他还得去报名参加明天的活动。

米娅的午饭才吃了一半，她却不急，和莉莉有说有笑，好像根本不在意还剩十分钟。

“喂，米娅，你明天参加什么活动？”莉莉问。

“我还没报名呢。不过没关系。”

“你最好抓紧时间！现在只有……八分钟了！”

“哎呀，没事，别担心。明天我再做决定，他们会帮我的。”

“可如果你不报名……”

“听我说，莉莉，我觉得这个规定没道理。不报名有什么要紧？”

米娅有些恼火。即便规定对她有利，她也不喜欢照做。她只喜欢我行我素，给他人带来麻烦也在所不惜。可是，米娅好像并不觉得自己做错了。

乔觉得自己在辨认方向上和米娅差不多。人们想帮他，可他不放在心上。他心里有一道过不去的坎。然而，和贝尔一起进行北极探险之后，他觉得自己完全清醒了。

“带这个是防止口渴吗？”奥马尔打断了乔的思绪。

乔低头看了看，发现肩膀上是一根带子，带子下连着一个金属水壶。这个水壶是他从雪地小屋里带来的，就在结冰的湖旁边。

如果壶是真的，那北极之行也就是真的！

乔回头看了看，发现米娅还在挑挑拣拣吃东西。

米娅说："哦，奥马尔，帮我报名，明天你参加什么我就参加什么，好吗？我好像忘了一件事……"

"好，没问题。回头见。"

乔往回走，准备去找米娅。他不知道具体跟米娅说什么，可他觉得有话要说。

也许她也能找到贝尔。

水壶又撞到了乔的屁股，还撞到了衣兜里的东西。啊，是指南针！乔掏出指南针看了看。

指南针上只有东南西北四个方向了，可乔知道，问题就在指南针上。

米娅饶有兴趣地看着乔。

“你好，乔，你落下什么东西了吗？”

“啊，不是。”乔这才意识到，米娅一定会觉得他很古怪，但是，他愿意一试。他把指南针放在餐桌上。“我觉得你会喜欢这个。那……就当是我送你的礼物吧。”

贝尔
BEAR GRYLLS ADVENTURES
神奇生存
指南针
系列

北极生存知识小测试

THE ARCTIC CHALLENGE

1. 在非常寒冷的地区，当你觉得被冻僵的时候，如何预防低体温症？

A. 裹紧衣服缩成一团

B. 跑动起来

2. 松针能煮茶喝吗？

A. 能

B. 不能

3. 如何根据树木上的苔藓判断方向？

A. 苔藓长在树木的南侧

B. 苔藓长在树木的北侧

4. 年轮较密的一面是什么方向？

A. 南方

B. 北方

5. 在雪很厚的地方，如何行走更省体力？

A. 每次落脚前都把腿高高抬起

B. 直接蹚着雪走

你知道吗？

北极熊可不能够改变自己的颜色，但是没关系，因为它们住的地方都是白茫茫一片。白色的皮毛可以让它们在捕猎时便于隐藏。北极熊的嗅觉比其他任何陆地动物都要强。它们用嗅觉寻找食物、伴侣以及摆脱危险。北极熊捕猎时，能闻到一千米之外藏在冰下一米处的海豹。

大多数熊见到人类都会避开——如果你有机会遇到它们的话。但是北极熊作为地球陆地上最大的肉食性动物不走寻常路：它们绝不会放过人类，尤其是在它们饥肠辘辘的时候。

答案

1. B　当你快被冻僵的时候，一定要跑动起来，这样有利于恢复四肢的血液循环。

2. A　把松针放到热水里煮成的松针茶，富含能量和维生素，在寒冷的野外，喝松针茶可以补充水分和热量。

3. B 苔藓喜阴，长在晒不到太阳的一侧，也就是树木的北侧，所以长苔藓的一面就是北。

4. B 因为树木朝南的一面阳光多，所以年轮朝南的一面较疏，而朝北的一面较密。

5. A 虽然每次落脚前都要把腿高高抬起的方式看起来很奇怪，腿也容易累，但是相比拖着脚步，蹚着雪前行，这样会更省力。